Maya

Maya Papaya

se disfraza

© del texto, Ángeles González-Sinde, 2014
© de las ilustraciones, Laura Klamburg, 2014

© de la edición, EDEBÉ, 2014
Paseo de San Juan Bosco, 62
08017 Barcelona
www.edebe.com

Atención al cliente 902 44 44 41
contacta@edebe.net

Dirección editorial: Reina Duarte
Diseño de la colección: Laura Klamburg

1.ª edición, septiembre 2014

ISBN 978-84-683-1223-1
Depósito Legal: B. 11146-2014
Impreso en España
Printed in Spain

Maya Papaya
se disfraza

ÁNGELES GONZÁLEZ-SINDE

Con ilustraciones de
Laura Klamburg

edebé

Mirad, una de las cosas mejores
de la casa de Maya Papaya es que
hay un armario.
Bien. Es cierto. No protestéis.
En casi todas las casas hay armarios.
Pero este es distinto.

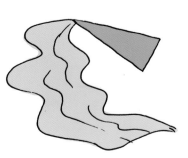

Este armario no contiene ropa aburrida:
pantalones y jerséis para ir al colegio,
vestidos para los domingos…
No, no, no. Abridlo, abridlo.
Este es el armario de los disfraces.

Hay un disfraz de princesa.

Otro de indio.

Otro de bailarina.

Otro de duende.

Otro de bruja.

Otro de mosquetero.

Otro de flamenca.

Otro de diablo.

Otro de pirata.

Otro de doctora.

Con todas estas prendas
Maya se disfraza.
A veces es una princesa por arriba
y un diablo por abajo.

O una bailarina por abajo
y un duende por arriba.

O un indio por arriba

y una flamenca por abajo.

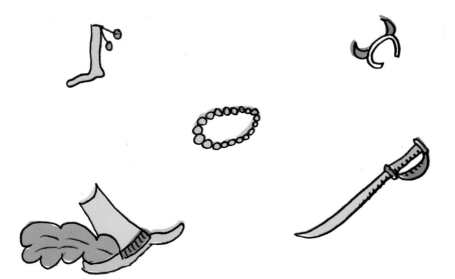

Maya Papaya sabe disfrazarse muy bien. Lo que
no sabe Maya es escribir. Maya ni vuela con «uve» ni bebe
con «be».

«Porque Maya Papaya la hache tragó con el desayuno y
se atragantó». Eso dice su padre, a quien le gustan mucho
los disfraces, pero también la ortografía.

Maya dice:

—¡Soy demasiado pequeña para eso!

Su padre responde:

—¡No hay edad para la ortografía! *Huevos* con «hache».
Botella con «be». *Queso* con «qu». *Cesta* con «ce».

Maya explica a su padre que las palabras, como los niños, también se disfrazan. Y cuando se disfrazan, cambian las letras. La «be» se viste de «uve». La «elle», de «y» griega. La «ce», de «zeta»...

Por ejemplo: una cazuela se disfraza de *zacuela*, que según Maya es un pájaro de largas patas, pico verde puntiagudo y cuerpo de cazuela.

—¿Ah, sí? ¿Y dónde has visto tú ese pájaro? —pregunta el padre de Maya, que es un tipo muy difícil de convencer.

—En el jardín de los abuelos —responde Maya.

Los abuelos tienen una casita en la montaña. Maya ha dibujado allí muchas *zacuelas* en las tardes de invierno, cuando se hace de noche temprano y dan ganas de recogerse frente al fuego. Entonces, la abuela de Maya saca los lápices de colores y un cuaderno que tiene tantas páginas que nunca se acaba. La abuela nació en ese pueblo y le cuenta a Maya historias de cuando era pequeña.

—Abuela, cuándo tú eras como yo, ¿te disfrazabas?
—pregunta Maya mientras dibuja *zacuelas* grandes y
zacuelas chicas.

—Claro que nos disfrazábamos, pero no con disfraces tan
bonitos como los que tienes tú. Nos disfrazábamos con trapos,
con sábanas y con la ropa vieja de los mayores.

—¿Y de qué te gustaba disfrazarte a ti? —quiere saber Maya.

—A mí, de artista. Me gustaba cantar y bailar. Agarraba una
cuchara de palo y la convertía en un micrófono y hacía
teatro para mis hermanas.

Maya se ríe y propone a la abuela:

—¿Nos disfrazamos?

—¿Has terminado la *frascuela*? ¿Tiene ya todas sus plumas de colores?

—*Frascuela* no, abuela, ZA-CUE-LA.

—Eso, *zacuela*.

—Con una *zacuela* me disfrazaba yo de soldado antiguo —dice el abuelo, que trae más leña para la chimenea—. ¡Qué orgulloso desfilaba! Era el capitán más valiente.

—Querrás decir *cazuela* —le corrige Maya.

—Eso, perdón. Con una cazuela. Mira que les gusta a las palabras disfrazarse…

—*Fradiszarse* —dice Maya y se ríe—. ¿Nos *fradiszamos*, abuela?

La abuela trae una colcha gastada:

—Verás qué bonito traje de fiesta…

En un pispás Maya está disfrazada. Y como
ya tiene la cuchara de palo, Maya canta.
Los abuelos aplauden a rabiar. ¡Cuánto
alegra la música de Maya!

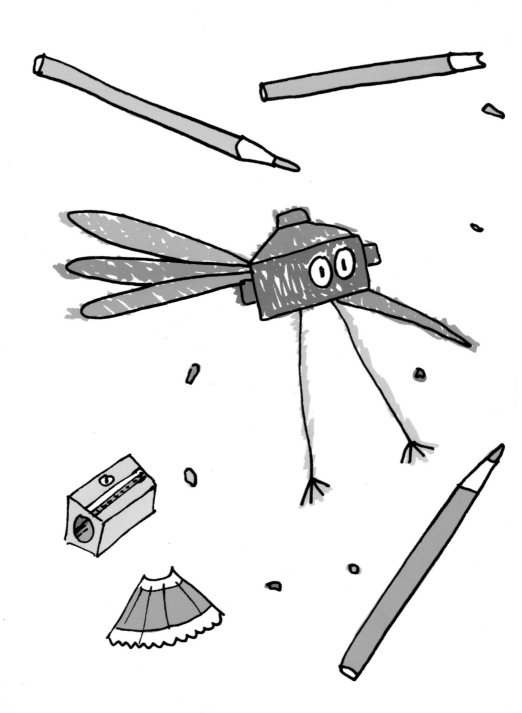

Y la *zacuela*, con su hermana
la cazuela, baila.
Miradlas, miradlas. *Zacuela*
por arriba y cazuela por abajo.